Mr Arth yr Arwr

Debi Gliori

Trosiad gan Hedd a Non ap Emlyn

DREF WEN

© y cyhoeddiad Cymraeg Gwasg y Dref Wen 1997
Cyhoeddwyd yn Gymraeg 1997 gan Wasg y Dref Wen,
28 Ffordd yr Eglwys, Yr Eglwys Newydd, Caerdydd CF4 2EA
Ffôn 01222 617860.

Argraffwyd yn Singapore.

Roedd hi'n noson wyllt a stormus yn y goedwig.

Noson ar gyfer aros yn y gwely, yn glyd ac yn gynnes,
gyda'r ffenestri a'r drysau wedi'u cau'n dynn i gadw'r
tywydd allan.

Roedd Mr Arth yn gorwedd yn gysurus yn ei wely, a'r gwynt y tu allan yn ysgwyd y ffenestri ac yn rhuo i lawr y simdde, yn ceisio dod i mewn.

"Beth oedd y sŵn 'na?" gofynnodd Mrs Arth, gan eistedd i fyny.

"Dim ond y gwynt, cariad," atebodd Mr Arth.

"Roeddwn i'n meddwl 'mod i wedi clywed llais yn galw *Help!*" meddai Mrs Arth.

"Help!" galwodd llais main.

"Dyna ni," meddai Mrs Arth. "Mi wnes i glywed llais. Cer i weld pwy sy 'na, cariad."

Aeth Mr Arth i lawr y grisiau'n ufudd. Wrth iddo agor drws y ffrynt, hyrddiodd pwff o wynt i mewn gan ddiffodd y gannwyll a chwythu cawod o ddail drosto.

"Helpwch fi, os gwelwch yn dda," meddai llais bach main wrth draed Mr Arth.

Yn cydio'n dynn yng ngharreg y drws roedd Mr Cwni-Bwn.

"Mae ein cartref wedi chwalu," llefodd. "Mae nyth yr Hw-Gwdi-Hws wedi chwythu i ffwrdd, mae nyth teulu'r Gwenyn-Hymiaid wedi'i difetha'n llwyr ac mae'n rhaid i fi fynd yn ôl achos allwn ni ddim dod o hyd i Fflur fach yn *unman*," a rhedodd Mr Cwni-Bwn i ffwrdd i'r tywyllwch.

"Mae help ar y ffordd," gwaeddodd Mr Arth, yn goleuo'i lamp, yn pacio'i offer ac yn cydio mewn brechdan fêl, rhag ofn.

"Bydd yn ofalus, cariad," meddai Mrs Arth, wrth i Mr Arth gael ei chwythu i lawr llwybr yr ardd.

"Paid â phoeni," meddai Mr Arth, gan deimlo'n ofidus iawn. "Bydda i'n iawn."

Roedd hi'n dipyn o daith i gartref y Cwni-Byniaid. Baglodd a stryffaglodd Mr Arth dros ganghennau a oedd wedi disgyn, a bu bron i'w lamp ddiffodd droeon.

"Byddai'n well gyda fi fod yn fy ngwely clyd," meddyliodd Mr Arth. Chwythodd glaw iasoer i'w wyneb wrth iddo frwydro'i ffordd i fyny'r bryn. "Dim ond cam ceiliog eto," meddai, i geisio codi'i galon.

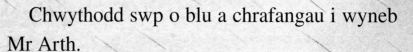

Chwythodd swp o blu a chrafangau i wyneb
Mr Arth.

"Aaaaaaa!" sgrechiodd.

"Iiiiiiii!" gwichiodd Mr Hw-Gwdi-Hw.

"O! *Chi* sy 'na!" gwaeddodd y ddau
gyda'i gilydd. Cododd Mr Arth ar ei
draed a rhythodd i mewn i'r
tywyllwch.

"Alla i ddim gweld eich tŷ chi
yn unman," meddai.

"Mae e dan eich traed chi,"
meddai Mr Hw-Gwdi-Hw'n drist.

"O diar, ydy," meddai Mr Arth.

Yno, o'i gwmpas ym mhob man, roedd gweddillion
y goeden a fu'n gartref i Mr Hw-Gwdi-Hw a'i deulu,
a theulu'r Gwenyn-Hymiaid a'r Cwni-Byniaid.

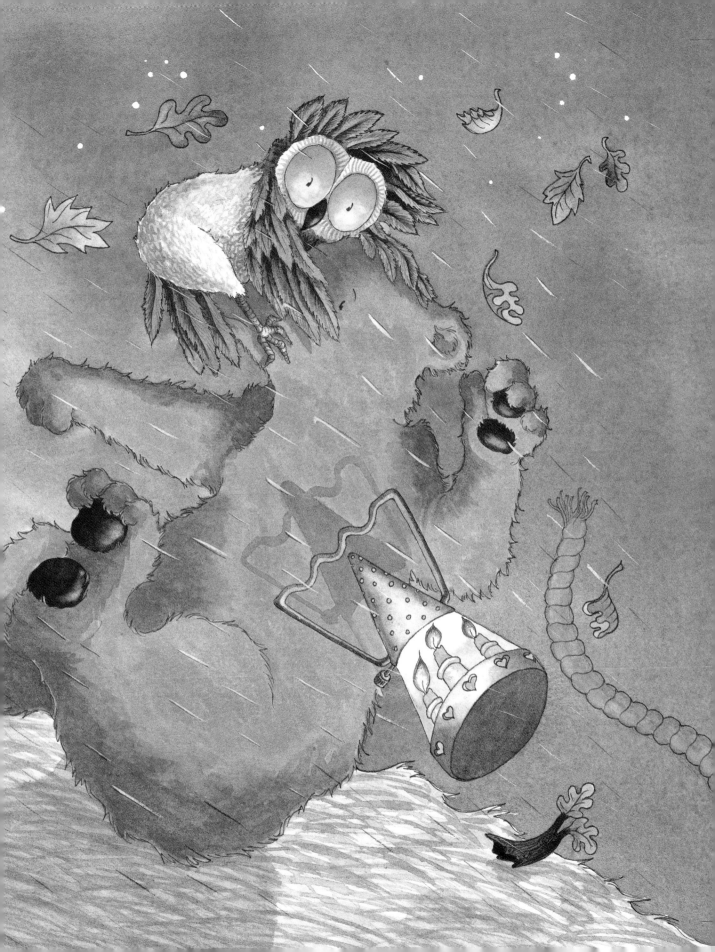

"O, Mr Arth, diolch byth eich bod chi yma," llefodd llais. "Allwch chi'n helpu ni i ddod o hyd i Fflur?"

"Ac allwch chi drwsio'n nythod?"

Yn sydyn roedd haid o gwningod,
tylluanod a gwenyn o gwmpas Mr Arth,
i gyd yn erfyn am help.
"Help?" meddyliodd Mr Arth. "Beth yn y byd
ydw i i fod i'w wneud?" Twriodd yng nghanol ei
offer a daeth o hyd i'r frechdan fêl roedd wedi
ei thaflu i mewn wrth iddo adael y tŷ.

Cafodd syniad gwych.

"Beth ych chi'n mynd i wneud gyda hwnna?" gofynnodd un o'r Cwni-Byniaid bach.

"Glud," atebodd Mr Arth, gan agor y frechdan. "Glud nyth gwenyn. Edrycha, mi ro i ychydig fan hyn a thalp fan draw ac yna…"

"Fe wnewch chi gawl gludiog o bethau," cwynodd un o'r Gwenyn-Hymiaid bach.

"O diar," meddai Mr Arth. "Beth am fynd â'ch nyth adref i Mrs Arth ei thrwsio? Mae hi'n dda am wneud pethau fel'na."

"Beth am fy nyth i?" gofynnodd Mr Hw-Gwdi-Hw.

"Fe ga i gip arno nawr," atebodd Mr Arth, gan godi'r nyth.

Ond chwalodd y nyth yn ddarnau yn ei bawennau.

Ochneidiodd Mrs Hw-Gwdi-Hw.

"Paid â phoeni," meddai Mr Arth. "Fe wnaiff Mrs Arth wau un arall i chi mewn chwinciad."

Wrth i'r anifeiliaid roi'r ddwy nyth – yr un ludiog a'r un oedd yn dipiau – gydag offer Mr Arth, dyma hi'n dechrau arllwys y glaw.

Pistylliodd y glaw drwy'r coed, gan droi popeth yn wlyb sopen
ac yn oer. Rhedodd yr anifeiliaid am gysgod.

Hisiodd lamp Mr Arth ac yna diffodd.

"Sut wnawn ni ddod o hyd i Fflur nawr?" wylodd
Mrs Cwni-Bwn.

Edrychodd Mr Arth i fyny yn bryderus tua'r awyr ddu.

"Mawredd mawr!" meddai.

"Beth sy?" gofynnodd Mr Hw-Gwdi-Hw,
a'i geg yn llawn brigau.

"Dw i wedi dod o hyd i Fflur!" gwaeddodd Mr Arth,
gan bwyntio'i fys i fyny.

Yno, yng nghanol canghennau'r goeden gysgodol, roedd
cwningen fechan, wedi'i lapio mewn blanced, yn cysgu'n drwm.

"Fe ddringa i i fyny i'w thynnu i lawr," meddai Mr Arth.

"Am arwr!" meddai Mrs Cwni-Bwn.

Doedd Mr Arth ddim yn teimlo fel arwr wrth iddo grafangu i fyny'r goeden fesul modfedd.

Roedd y canghennau gwlyb yn gwegian
yn fregus wrth iddo gydio ynddyn nhw.
Tynnodd y flanced yn rhydd o'r gangen,
daliodd Fflur yn ei freichiau'n ofalus ac…

"Aaaaaaa!" gwaeddodd Mr Arth.
"Hwiiiiii," meddai Fflur,
wrth iddi ddeffro.
"Wel dyna syniad da," meddai
Mr Cwni-Bwn, wrth i flanced Fflur
agor yn barasiwt perffaith, a
disgynnodd Mr Arth a'r gwningen
fach i'r llawr yn ddiogel.

"Campus! Campus! Mr Arth!" gwaeddodd Mrs
Cwni-Bwn, gan gofleidio penliniau Mr Arth.

"Beth am gael y plant yma i'r gwely?" meddai Mr Arth,
gan lwytho'r Cwni-Byniaid, y Gwenyn-Hymiaid a'r
Hw-Gwdi-Hws i mewn gyda'i offer.

"Mae'n dywyll iawn," dywedodd Mr Hw-Gwdi-Hw.

"Alla i ddim gweld," llefodd un o'r Cwni-Byniaid bach.

"Alla i ddim chwaith," meddyliodd Mr Arth, wrth iddo wthio'i gart llawn offer i ben bryn. Ond yno, yn y pellter, gyda'r golau ym mhob ystafell yn disgleirio trwy'r tywyllwch, roedd ei dŷ.

"Daliwch yn dynn," dywedodd. "Rydyn ni bron adre."

Beth amser wedyn, ar ôl dod o hyd i dywelion
a blancedi i bawb, ac ar ôl i bawb – rhai bach a rhai mawr –
gael cawl danadl poethion gan Mrs Arth i gynhesu eu
stumogau, llanwyd tŷ'r Eirth â swn chwyrnu – sŵn
chwyrnu'r Gwenyn-Hymiaid, yr Hw-Gwdi-Hws
a'r Cwni-Byniaid.

Dringodd Babi Arth i fyny coes Mr Arth. Suddodd
yntau i mewn i'w gadair, gan ochneidio.

Edrychodd Mrs Arth i fyny o'r nyth roedd hi'n ei
gwau, a gwên ddireidus ar ei hwyneb.

"Dyna arwr ydy dy dad," dywedodd. "Mae e mor dda
am drwsio pethau."

Dylyfodd Mr Arth ei ên led y pen.

"A dweud y gwir," aeth Mrs Arth yn ei blaen, "mae
'na nifer o bethau o gwmpas y lle yma gallai dy dad eu
trwsio, fel y wich yn nrws y stafell 'molchi, y sinc sydd
wedi ei flocio a'r simdde lle mae'r mwg yn methu codi…"
Chwyrnodd Mr Arth yn uchel.

"…ond gallan nhw i gyd aros tan yfory," meddai Mrs
Arth, wrth nôl blanced gynnes i'w lapio am Mr Arth a Babi
Arth. "Weithiau, rhaid maldodi arwyr hyd yn oed,"
dywedodd, gan ddiffodd y canhwyllau a mynd i fyny'r
grisiau i'r gwely.